ETRENNES

DU

PARNASSE,

POUR L'ANNÉE 1753.

PAR C. G. GARDE FRANÇOISE.

Heu mihi ! quot nugæ nunc ! nunc qui non erit auctor.

Quelle froideur, grands Dieux, me saisit & me géle !
Qui ne rimera pas ? puisqu'un Soldat s'en mêle.

DISCOURS

ET COMPLIMENT,

SUR LE NOUVEL AN,

A Monsieur.....

M A Muse sur le ton burlesque,
S'acquitte aujourd'hui d'un devoir,
Comptant beaucoup sur son sçavoir,
Quoiqu'en vêtement soldatesque ;
Elle croiroit au moins valoir,
Un habit à la Pittoresque.
Si seulement dans son dortoir ;
Elle tenoit Bibliothéque,
Table, commode, ou mieux comptoir,
Chaise un peu propre pour s'asseoir.
Qu'on ne dit pas d'un ton grotesque ?
Eh ! morbleu chez vous c'est nuit presque,
Votre étude est vêtu de noir,

A ij

Les murs font dans le goût moresque,
A plein midi tout comme au soir.
Votre Muse à l'air pédantesque,
Au sein d'un si triste manoir ;
Et vaut moins à ce qu'on croit voir,
Qu'un vieux soupir de feu Séneque.

Qu'importe méritante ou non ;
Cœur bienfait vaut un Apollon,
Huché sur un méchant Pégase
Qui vient égarer la raison,
Dans la rimaille d'une phrase,
Capable d'endormir Pluton ;
Et la bonne Mere Alecton,
Et qui nous vend pour de l'extase,
Du merveilleux & de l'emphâse,
Les Hyperboles d'un Gascon.

Enfant cheri de l'Hélicon,
Ou fixe est votre résidence ;
.... Souffrez par complaisance,
Que la moitié de votre nom,
Qui rend le mien par excellence,
Pour la prononciation ;
Et qui dénote l'existance,
Autant d'un être de raison,
Que d'un morceau d'une maison.

[5]

Souffrez, dis-je, par complaifance,
Que la moitié de votre nom,
Vous fouhaite une heureufe chance,
Et par mefure & par cadence ?
Il eft bien vrai, j'azarde un ton,
Dont je connois l'infuffifance :
Qui me vaudroit de l'Etalon
Fougueux Voiturier du Vallon,
De très rêtive fouvenance,
Pour maints Auteurs pleins d'ignorance,
Vingt coups de pied à fa façon.
Pardonnez-moi cette imprudence ?
Vous êtes indulgent & bon.
Un cœur fincére dont le fond,
Eft d'une allobroge fubftance,
Dit bonnement tout ce qu'il penfe :
Soit en profe, foit en chanfon,
Dût-il bleffer la bienféance ;
Et s'explique tout uniment
Sur la fête ou le nouvel an.

A propos d'an, l'autre commence,
Qui demande une réverence,
Comme celui d'auparavant :
Sous l'efpoir d'une récompenfe,
Pour prix d'un fade compliment.
Déjà j'apperçois qui s'avance,

A iij

Peuple en manteau de Courtifan ;
Qu'intérêt tient fous fa puiffance,
Plus que tout autre fentiment,
De zéle, ou de reconnoiffance
Et de fidéle attachement.
Que voulez-vous ? la mode en France,
Eft de payer la rédevance,
Que l'on doit volontairement
A ces victimes de l'argent !
Divinité que l'on encenfe,
En tout Païs à chaque inftant ;
Et qu'on regarde juftement,
Comme un reméde à l'indigence.

Quel nombre d'honnêtes *Trucheurs* ;
De Patelins & de Flatteurs,
Je vois affaillir votre porte ;
Et vous tenir, Diable m'emporte,
Mêmes difcours des ans paffés,
Recoufus & repetaffés ;
Et d'une ennuyante cohorte,
Rebuts, vieux moifis tout ufés ;
Bonne fanté fans nulle peine,
Mille plaifirs mille bonheurs ;
Et plufieurs mille autres fadeurs,
Qui n'empliffent pas la bédaine.
Complimens faux, fauffes douceurs

Mettant un Cinique à la gêne :
Lequel voudroit voir à la chaîne,
Tous ces métodiques menteurs,
Qui ne vous rendent mille honneurs,
Que fous condition d'aubeine :
Qui, fi leur démarche étoit vaine,
Vous défireroient d'un grand cœur,
Uue belle & riche douzaine
De grands facs tous pleins de malheur.

Pour moi fans exiger l'Etrenne,
Pas même un feul coup de chapeau ;
Je vous fouhaite an bon & beau,
Sans rhume, fiévre, ni migraine.
Bien plus, (ce fouhait eft nouveau :)
S'il plaît à la bonne nature,
Avec tout l'âge du Corbeau
Et la fcience de Mercure,
La vie heureufe d'Epicure ;
Portraits du Maître un plein Tonneau.

✳✳✳✳✳✳✳✳✳✳✳✳✳✳✳✳✳✳✳✳✳✳✳✳✳✳✳✳✳✳✳✳✳

LA GLOIRE DE L'EMPIRE FRANÇOIS.

S O N N E T.

Au Roi.

QUELS faits viennent s'offrir au Temple de
     Mémoire !
O ſpectacle charmant, regne grand ſiécle heureux !
Un Empire naiſſant, redoutable, fameux,
Attache à ſes deſtins, Minerve & la Victoire.

Diſparoiſſent bientôt Rome & toute ſa gloire ?
Diſparoiſſent la Gréce & tous ſes demi-Dieux ?
Leurs ſuperbes Vainqueurs leurs exploits belliqueux
Aſſez & trop long-tems ont regné dans l'Hiſtoire.

Les Clermonts les Contis, les Saxes, Lowendalh
Valent bien les Vainqneurs d'Hector & d'Annibal !
O faits que l'avenir aura peine à comprendre !

Dans ſes plus heureux tems, ſi la Gréce eût jadis,
Un Achille, un Uliſſe, Hercule un Alexandre ;
Si Rome eût des Céſars, la France à des Louis.

On avertit ici le Public, que l'Ouvrage allégorique gravé en taille
douce ou leditSonnet eſt inféré, a été corrompu à l'inſçû de l'Auteur,
& qu'il ne paroît pas tel qu'il a eu l'honneur de le préſenter à S. M. &
à l'Académie Françoiſe. L'on a défiguré le véritable ſens des Mé-
taphores, par de très mauvais Vers, qui doivent néceſſairement
avilir l'Ouvrage aux yeux d'un connoiſſeur.

LE CIEL BIENFAISANT.

SONNET.

A Monseigneur le Dauphin, Sur sa Convalescence.

VIVEZ, ô cher Dauphin, vivez pour le bonheur,
Pour l'honneur, pour la gloire, & le bien de
la France?
A l'Amour du François vôtre Convalescence,
Offre un prix infini dont il sent la valeur.

Respectons à ces traits la main d'un Protecteur ?
Je reconnois grand Dieu, pour nous ta bienveuil-
lance,
Toujours enfant chéri, fils de ta complaisance :
Nôtre Empire sera l'objet de ta faveur.

D'un état glorieux que la valeur éclaire,
D'un peuple triomphant, moins le Roi que le Pere :
Le grand Louis deux fois , fût un présent des
Cieux. (*a*)

Des jours d'un demi - Dieu paroît l'auguste
aurore (*b*)
O comble de bienfaits ils rendent à nos vœux,
Un Prince bien aimé que l'Univers adore.

(*a*) L'avénement de Louis XV. à la couronne & son heureux réta-
blissement de la maladie dangereuse qu'il fit à Metz.
(*b*) La naissance de M. le Duc de Bourgogne.

LE FLEAU DE LA GUERRE,

SONNET.

Aux Conquérans.

TEMERAIRES rendez le calme à nos Forêts ?
   Arrêtez vents fougueux : d'où naît tant de
colere ?
Le Très-haut le Seigueur, à qui la terre est chere :
Quoiqu'Ennemi du crime, est le Dieu de la Paix.

   D'un Dieu si grand si bon, respectez les bienfaits?
L'arbrisseau le plus vil, la fleur la plus legére,
Sont sortis de ses mains ; il est le Roi, le Pere ,
Autant des plus petits, que des plus grands Sujets.

   Tremblez à ce portrait, Ministres du Tonnerre ,
Rois Tyrans, Rois Vainqueurs qui n'aimez que la guerre:
Héros qui soupirez après de grands destins.

   Voulez-vous parvenir à la plus haute gloire ,
Soyez comme Trajan, le bonheur des Humains ?
Vôtre nom respecté sera cher dans l'Histoire.

L'HOROSCOPE DE LA FRANCE.

SONNET.

Sur l'heureux accouchement de M^{de} la Dauphine, qui vient de donner aux vœux de la France, un Prince attendu depuis long - tems avec la plus grande ardeur.

Suscepit Israël puerum suum recordatus misericordiæ suæ. Mag. v. 9.

QUELLE Divinité sous les plus doux auspices,
Vient faire naître en nous un espoir enchan-
    teur !
Tous tes vœux sont comblés, Peuple ami du bonheur
Sujets, zélés Sujets, goutez-en les délices.

Fais fumer tes Autels par mille sacrifices ?
Rends graces au Très-haut qui servit ton ardeur ?
O France Triomphante ! il attend de ton cœur,
Pour prix de son bienfait, les plus tendres prémices :

Déjà je vois la joie éclatter dans tes yeux. . . .
François attendez-vous au sort le plus heureux ?
Prétieuse Naissance, ô faveurs les plus cheres !

Né d'un illustre Sang fécond en demi-Dieux ,
Je vois dans un Enfant, présent digne des Cieux,
Un Vainqueur, un Héros, non moins grand que ses
    Peres.

****

DÉCLARATION D'AMOUR.

SONNET.

IRIS peut-on vous voir fans que le cœur murmure,
Peut-on être né tendre, & ne pas s'enflammer !
Vous favez trop bien l'art, de plaire & de charmer,
Qui vous voit vous adore, & chérit fa bleffure.

Si ce rare chef-d'œuvre enfant de la nature,
Fait un crime aux mortels de ce qu'on peut l'aimer
Mon cœur eft donc coupable, un Dieu vient l'a-
  nimer :
Vôtre Ouvrage eft un crime, & l'amour une injure.

Vengez-vous de mon tort caufé par vos beaux
  yeux ?
S'offenfe la vertu de mes plus tendres feux ?
Quoi ! vous écouteriez un Amant ordinaire !

Raifon, c'eft très-bien dit ; mais l'aimer eft fi
  doux.
Duffiez-vous me punir d'un aveu téméraire,
J'aimerai, belle Iris, jufqu'à votre courroux.

***
**

****

ENIGME.

SONNET.

QUEL Démon présidoit à ma triste naissance ?
Et me fit un Berçeau d'un abîme d'horreur.
Le soupçon fût mon pere, ennemi du bonheur,
La discorde ma mere eut soin de mon enfance.

   Pour d'indignes parens , fatale obéissance !
Je vole vers l'envie exercer ma fureur.
Dans ses bras vénimeux , j'apperçois le malheur ;
Il me voit & bien-tôt me met sous sa puissance.

   La haine au teint livide , inspire sa leçon ;
Un esprit souffle impur , Tyran de ma raison ,
Approuve les noirceurs qu'authorise ma mere.

Je menaçe j'éclatte , & nuis avec ardeur ,
A qui par mes forfaits , je prend soin de déplaire ;
Les moindres de mes coups visent toujours au cœur.

ETRENNES.

A Iris.

POUR ce beau premier jour de l'An,
Que pourrois-je ma belle enfant,
Vous préfenter pour votre étrenne ;
Chofe au moins qui vaille la peine
D'être offert par un tendre Amant.
Je ne fçais point d'autre préfent,
Plus digne de votre tendreffe,
Qu'un cœur qui chérit conftamment.
Je vous l'offre, chere Maîtreffe :
Il vient avec un zéle ardent,
Sur les aîles de la careffe,
Vous témoigner en ce moment,
Qu'il veut être avec vous fans ceffe ;
Mon amour en eft le garant.